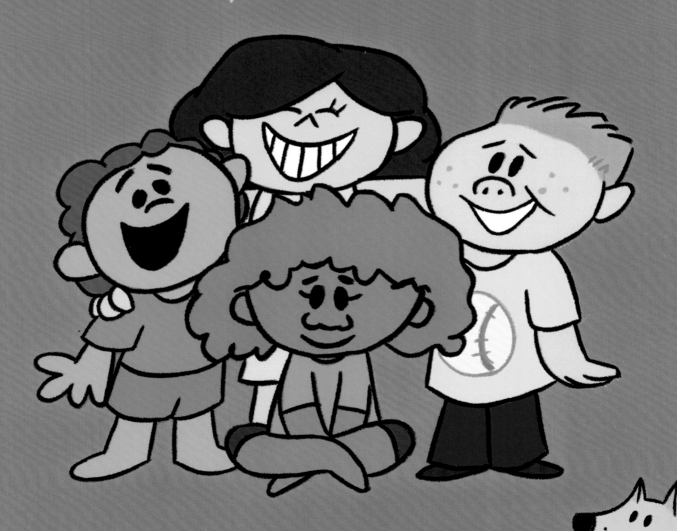

¡Desde mi cabeza...

...Hasta los dedos de mis Pies!

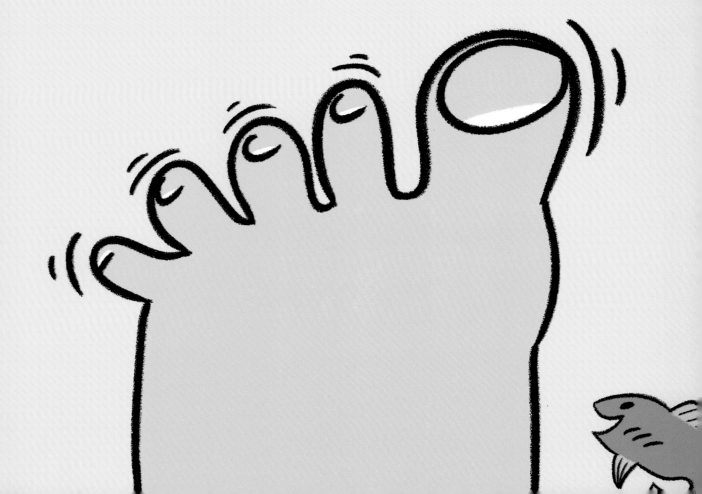

4 ¡De mi Boca, mis Orejas—

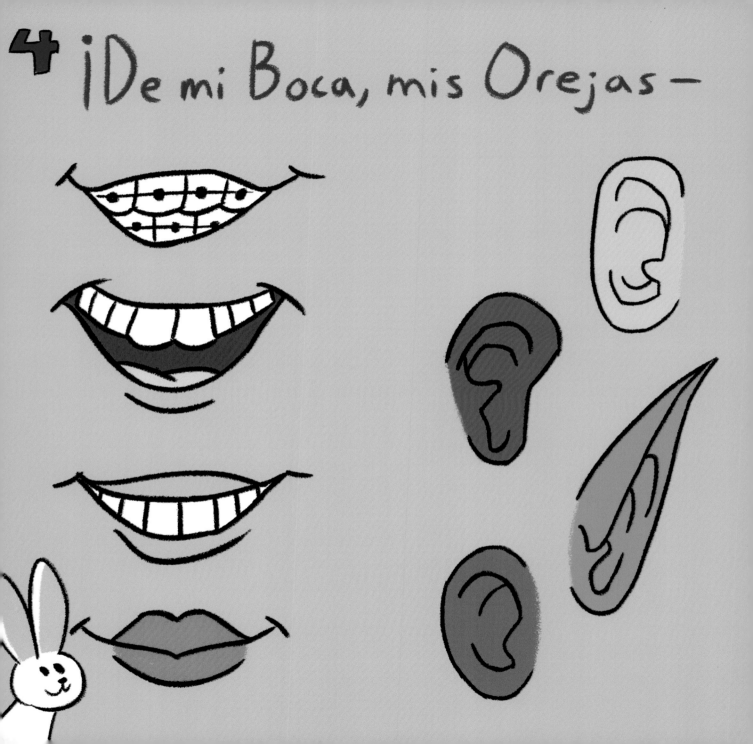

– y mi Nariz!

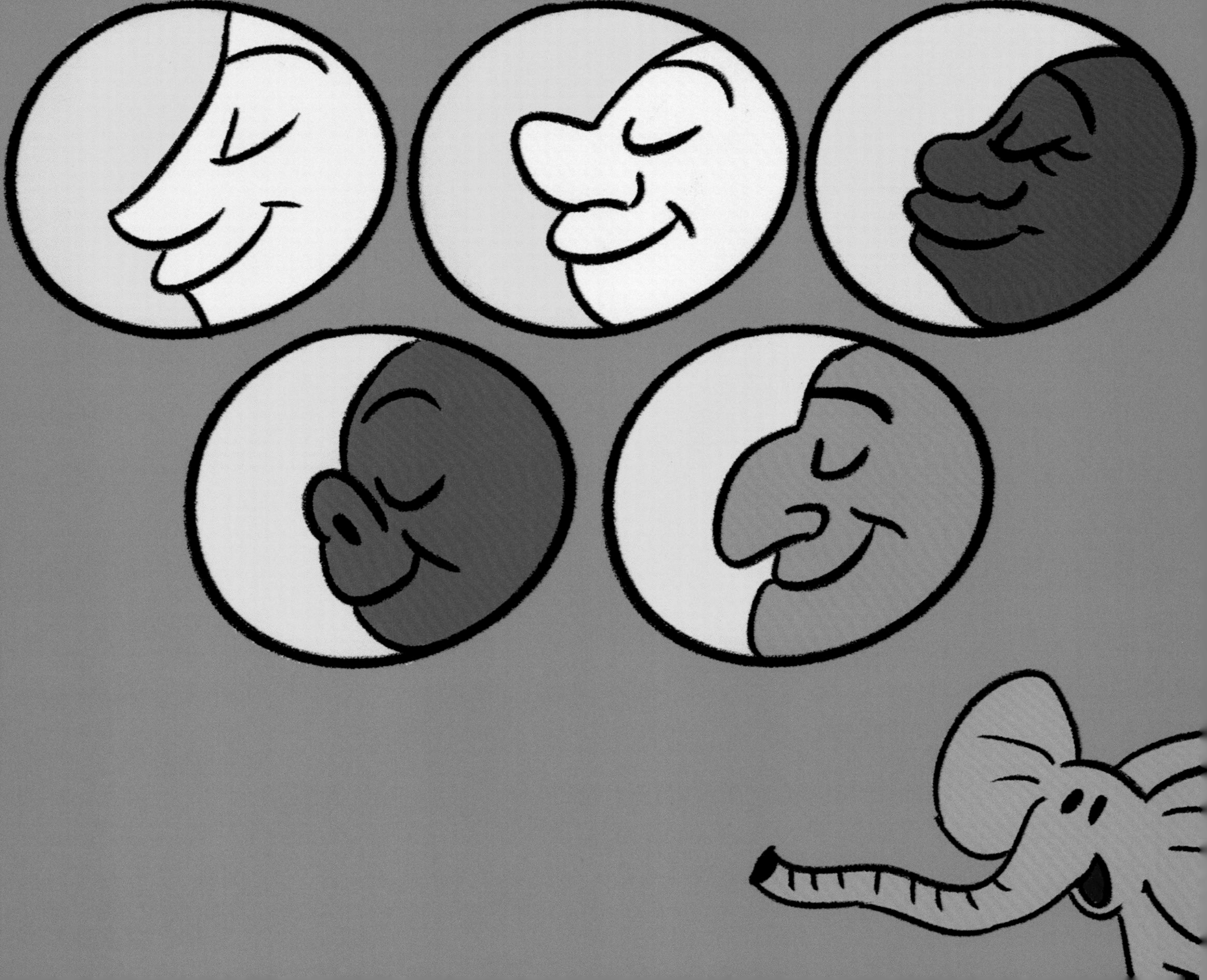

De mis Ojos...

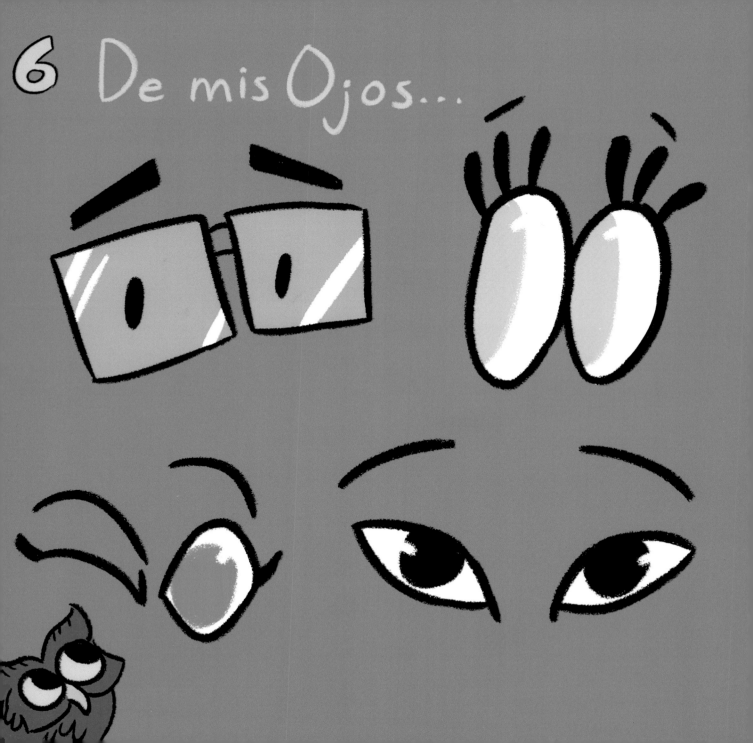

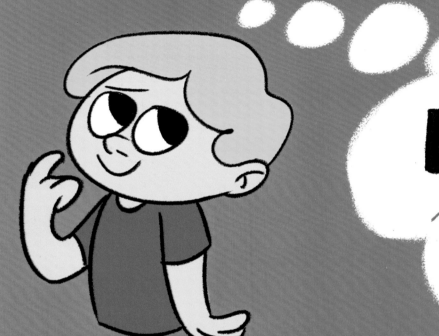

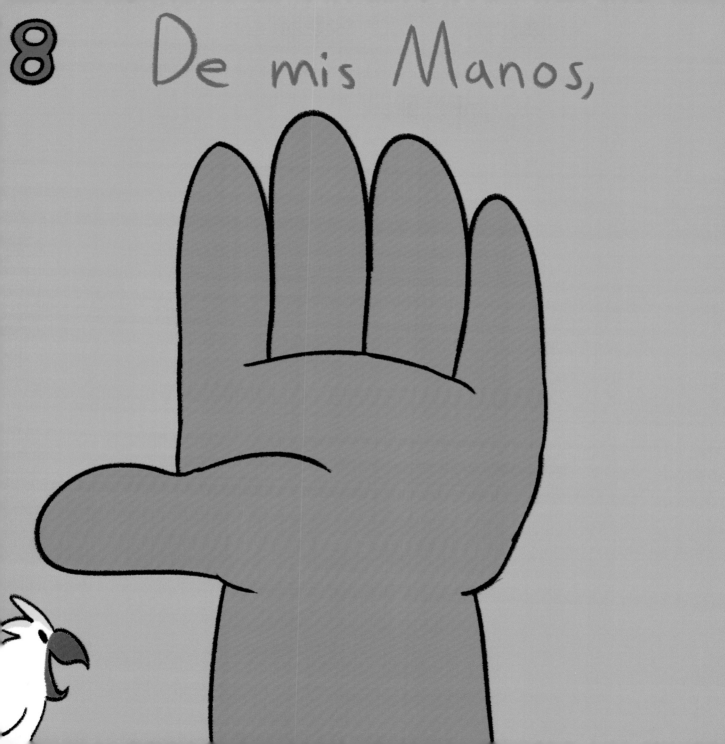

De mis Manos,

Y de mis Pies...

10 ...Y de ¡Todo mi Cuerpo!

¡Fantástico!

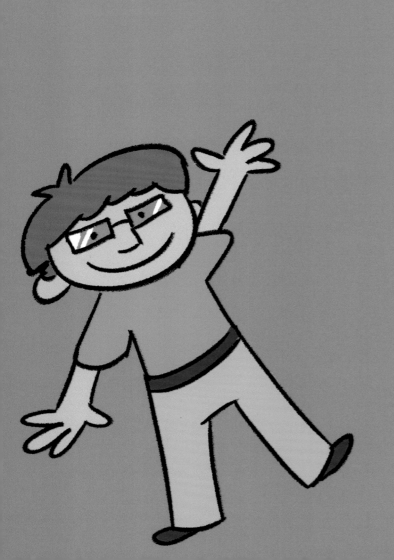
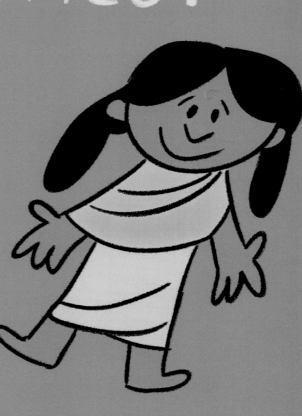

Yo quiero que todo el Mundo vea...